坐祭

尘 祭

CHENJI 崔俊堂 著

敦煌文艺出版社

图书在版编目（C I P）数据

尘祭 / 崔俊堂著. -- 兰州 ： 敦煌文艺出版社，
2018.9（2021.8重印）
ISBN 978-7-5468-1595-4

Ⅰ．①尘⋯ Ⅱ．①崔⋯ Ⅲ．①散文诗－诗集－中国－
当代 Ⅳ．①I 227.6

中国版本图书馆CIP数据核字（2018）第 190903 号

尘祭

崔俊堂　著

封面题字：刘洪彪
诗题书写：崔俊堂
责任编辑：赵　静
装帧设计：陆志宏　马孝邦

敦煌文艺出版社出版、发行

地址：（730030）兰州市城关区读者大道 568 号

邮箱：dunhuangwenyi1958@163.com

0931－8152172（编辑部）

0931－8773112　0931－8120135（发行部）

北京一鑫印务有限责任公司印刷

开本　880毫米×1230毫米　1/32　印张　4　字数　97 千

2018 年 10 月第 1 版　2021 年 8 月第 2 次印刷

印数　3 001～5 000 册

ISBN 978－7－5468－1595－4

定价：36.00元

崔俊堂近影

崔俊堂，宇元杰，20世纪60年代末出生于通渭县一个偏远山村，毕业于兰州大学文学院。中国作家协会会员。曾参加2003年诗刊社第十九届"青春诗会"，两次获得甘肃《飞天》十年文学奖、甘肃黄河文学奖。著有诗集《谷风》《谷地》、散文诗集《尘祭》、诗台集《十九》，合编《陇中青年诗选》。书法作品曾入展国家、省级数项展览。现在省编办工作。

崔 俊 堂 简 介

求索本身就是一道风景

（代序）

李云鹏

　　诗人崔俊堂新近有两部作品编成：一为诗集《谷地》，一为散文诗集《尘祭》。读毕，几乎是没有怎么思索就写下了我这则随意道来的读后感的题目：求索本身就是一道风景——取自俊堂诗中的一个诗句。

　　崔俊堂是陇上活跃的年轻诗人中勤奋的一员。

　　零零星星，我读俊堂，应是十多年前了。之后更有《谷风》诗集给我的较为集中的印象：谷风、厚土、家门……是他笔下的主色调。这位生在陇中苦水河畔"清贫湾"的农家子弟，自有一种深至刻骨的、恩怨兼有的乡土情结。多是对故土具象的描写，却能时见诗意的机巧：旱塬一眼水窖，"像是碗口大的慧眼"；深夜独对一件旧布衣，生出"我只能用壁钟成熟的言辞／囊括一件布衣的健康和珍重"……多的是渗透其中的一丝淡淡的忧伤，而朴真是贯穿其中的应当珍重的特色。

　　俊堂那个时段的诗，总体看来，富有年轻的活力，然细味之，又生笔力稍显游移的感觉，所缺似乎是一种个性化的稳定？

　　个性化——对俊堂而言显然是一个不可回避的命题。而对于能自"无数碎细的陶片堆里"，发现"一粒粟碳化"的锐目，进而切入先民"生命本身"的深沉（《花祭: 大地湾》）；

能将《家门》定位为"家门如闪亮的北斗／高过我所经历的一切山水",这早年留下的笔痕,让我们对这位年轻诗人自有一种切实的期待。

读过这两集新作,我们可以清晰地看到一位不断求索者的步履。

乡土,始终是俊堂诗笔的缠绵。他在这方面的求索,渐次型塑着他诗的个性。他的乡恋,或曰乡愁,他认定:"苦难和幸福都是心血的胎记",而"一路爱戴本身就是所有厚望,我只能倾诉,我更靠谱族人了"。

对于每个作者来说,笔底熟惯的题材,诗艺的求新尤其是使命式的课题。我注意到的一个方面是,在大量乡土诗作中,俊堂似乎有意识在寻常乡事中别择偏题,有本事用近乎浅白的语言吐抒烙有他个人印记的另一种思索。在如《重温<弟子规>》《我眼中的乡贤》《借据》《洋名字见证的庭院》等一类短章中,诗笔切入了更深层次的乡事。乡贤?就连这名词,也似乎与我们久违了。在是非"胜过一把把刀子"的如今,方有村人"捶胸顿足"的呼唤,朴诚的乡民方记起曾顶着狂风雷暴清除事端、平息纷争,"如一棵百年劲松"的诚实的乡土不可或缺的一位已然老殁的智者——失去了才知道珍贵的乡贤。拂去久积的尘埃，一册破旧的《弟子规》，"像是一盏气息微弱的油灯／为医治好多人的心病开出了良方"。而这却是"祖父扛着危险"的珍藏呵！字里行间有诗人深长的喟叹。而面对《借据》，一则短短的平实的叙事，作为读者的我有良久的沉默，是回味。似乎不全是因一颗心的意外却中肯的忏悔……《求职书》，应该是别开生面的了。我们眼里依稀出现填写求职书那只颤抖的手，感觉出谋职者心境近似于惶怯的缭乱。而当一个出自农家的漂泊者终于求得"谋生的资格证"，"这一天，这一刻，世界仿佛被擦亮"！是求职心愿得了的欣喜吗？其实我们咀嚼出一丝淡淡的苦涩。

俊堂的诗，质朴的诗句中，蕴涵着绵密的深情：捐眼球给盲者，为的是让他们"看看竹胎中的风，秋月下的娘"（《当我不再活着》）。似这类耐得住抚摸的温情脉脉的诗句的不时闪现，给他的诗带出一种情趣相谐的生机。

我不说这些诗已经具有独辟蹊径的圆熟，它们显然还有雕琢的空间。在他熟悉的乡土题材中，顺着犁沟的运笔，偶或隐约可见。此外，某些诗的展露主题、吐抒情怀，如果多一些幽婉的曲笔，是否会给读者多一些回味？

我看重的是独辟蹊径的意向。就诗集《谷地》说诗，从基本层面，可以说俊堂在做着"又一次刷新自己"的努力；就散文诗集《尘祭》而言，我尤其看重灵透中那种近乎放纵的诗意的洒脱。

俊堂的散文诗绝对具有诗的质素，它们是诗，又具散文舒美的形态，你很难把他的散文诗和诗截然分开。从他的有关长城，有关青海湖的大组章同时出现在诗集和散文诗集，便会探知作者的意向：他是以诗笔写散文的。其实那就是一篇篇或长或短的清新犹如天然草木的散文诗章。

这离离草木的清新，可以是生身故土的产物，可以是家国河山的锦绣。撮土滴水，都成为诗人内心深处的备忘录。抓一把泥土就能生情的农家子弟的崔俊堂，几乎有陶醉其中的倾情，深化着他笔底的世界。

诗人那支笔在这个领地运来似乎更加自如、自信。走笔长城，走笔青海湖，走笔黄土腹地，走笔大地湾，以及澳洲的畅游……或者炫丽，或者素朴，带出了些异样的色彩，异样的情味。一把梨木琴，给我们弹奏出乡土"忧伤的光泽，生命的重量"；大地湾，哦，大地湾，诗人在斑斓的油菜花之外，因了伴随的"苦楚的时光"，竟然"拧出"八千年前先民"四季的泪水"！"凝聚着神州大地磅礴气概"的长城，在诗人笔下，时而是地球上的一条飘带，时而是鼓舞着的一条龙灯，可以是狮子，可以是汗血马，在野草点燃的光照中，长城甚至有跳上马背的奇幻。但终归，诗人骄傲抚摸着的，是不屈不挠一个民族的脊梁。浩瀚的青海湖呢？这"脚趾缝里深藏盐的故乡"，一片沧桑湖波间；名响岳飞豪吟中的贺兰山，月光映出两个民族部落酋长"两只对视的眼睛里，忧伤比黑暗更黑"！俊堂以诗笔写就的散文，自有一种陌生的光泽。

写异域旅怀的长达22章的《澳洲随感录》，笔力之洒脱，在散文诗篇中是醒目的一章。面对这个被称作"未经污染的'挪亚方舟'"的澳大利亚，我们看到行旅者一双眼睛好奇的猎取。他扫视、抓取了一些细微却有标志性意义的细节，让你看到寻常旅客意识不到的异样的图录。你不能轻忽描摹议会大厦那一笔，面对像是"平放的半个地球"的议会大厦，诗人在默默寻思建筑设计师的初衷之外，已然有了"如果设计风格占十分的话，那七分属于优美，三分归于俊逸，还共同折射出了几分安详"的妙评。你尤其不能轻忽对我们来说太过琐细的一个学生游园时的一次逃票，竟导致录用工作时被视为品格问题而搁置的细节。诗人这张"逃票"抓得何等机智！他给我们提供了一方揽镜自照的镜子：把"身边小事擦拭得干干净净"。

洒脱兼有厚重。这可以说是一种近乎孤独的别样的"叙事"。

想对俊堂说：你想要的应该恰好就是这一味独辟蹊径的孤独，或曰出离寻常犁沟的陌生。

自这两部诗文集我们看到，就求索而言，诗人的步幅是清晰的，且已经呈现出一些靓丽的景色。

俊堂很清醒："每向前移一步是艰难的。"是的，诗给俊堂的求索预留着一段长路。这里重要的是不惑于炫目的"时髦"，不馁于探索中一时的阻滞，而必须的坚守。

忽然记起台湾早期诗人王白渊《诗人》一诗中的两个奇句：

> 诗人不为人知地活着
> 吃着自己的美死去

何等样的执着！对于诗美（自己的美）的何等样的敬重！那是真诗人对诗的一种死生相偎的痴诚。

这里当然包涵着个性化求索的要素——自己的美。

2018 年 7 月 2 日李云鹏于兰州劳犁斋

（著名诗人、原《飞天》主编）

目录
CHENJIMULU

踩着细步的梨树碰合了月亮 （组章）

崔俊堂散文诗

踩着细步的梨树逢合,月亮

在故乡小小山冈上，幼小的月牙儿是一把藏红的弯镰，放倒了一棵棵无力开花结果的梨树。

长大了的月亮，在我背井离乡的路上如一个碾子，压榨着胸口。

怀抱的一把梨木琴，于失魂的梦中信口喊出水梨香甜的名字，梨花便像一场大雪降临。

原载《诗探索》2007 年第二辑

踩着细步的梨树遇合、月亮

　　在月光和月光之间，除了走神的目光，锁定了大好山河。

　　那些踩着细步的梨树，没有变样。他们一棵接着一棵的肩膀，一棵套着一棵的手腕。

　　梢上嘹亮的花骨朵，像是内心的灯笼摇啊——荡啊——已到达月亮止步的高。

　　我只能仰望！

原载《诗探索》2007年第二辑

踩着细步的梨树缝合、月亮

不。小小山冈上的梨树，已忘记了细步，赶在野火拔青、牛羊踏青的山坡上，绕开了返寒的第一道风口。

绽开花蕾，遮面的月亮下，我摸着白里透红的脸蛋。

是啊，在异乡，没有梨木琴，也在唱着这首歌："梨花哟，那个开，缝合了月亮。"

原载《诗探索》2007 年第二辑

踩着细步的梨树，合，月亮

轻描的人，是我白牙晶莹的妹妹。

淡写的人，是我红唇素雅的姐姐。

不知道多少次，我也踩着细步来到梨树园，解开山冈的衣襟，看出了隐秘的月光，明媚的月亮。

我还觉察出无数的女子，在寻找自己的花期，或把自己幻化成一只美丽的白蝶。

踩着细步的梨树连合月亮

05

这白，梨花的白，湿漉漉的白。

这白，使山冈上的积雪悄然融化。

看吧，踩着细步的梨树已轻盈地飞翔，仿佛亿万只蝶儿举办一场舞会。

风华不灭啊！

一把梨木琴，收藏了悬在额头上的月亮和静寂的金光，而忧伤的光泽，生命的重量。

原载《诗探索》2007 年第二辑

花祭·大地湾（组章）

崔 俊 堂 散 文 诗

花祭：大地湾

还是高出寂寞的桃花，收放大地湾远古的回声。

飞落的花瓣，闪着金星的泪光。

这一闪，再现的底版上：白的部分，像是错过的风景；黑的部分，像是历史飘逝的风云。

只一件件出土的陶器已成为唯一的证人。

每个骨节眼里，尘埃落定，证明大地湾胳膊一挽，石头开花。

火的光景，加上泥土的骨气，再加上水的灵丹，先民是这样捏造了自己吗？

水和火和土相容之后，没有一丝阴影，没有一线裂痕，像是神的二百零六块骨头。

沐风浴雨，却没有作证先民去了哪儿？

在无数碎细的陶片堆里，一粒黍碳化了，像是回到生命本身。

尘祭 012

花祭·大地湾

迈着碎步的梨花，缝合了大地湾的月亮。

月亮再小，红润得像是史前女人的唇。

吻着先民们行足千里、掘地三尺、率禽起舞、戏水岸边……缥缈的神思和往后推的日子叠合了。

先民们搬进了地穴式的家。深夜门背后的风，铺开了茅草和霜。

天亮了，太阳的火钳子钳住一座座神的雪山。雪融化了，先民的心花是否受伤？

我用家里留存的绳纹红陶圈足碗，舀着清水河的水，居然发现自己也像是一个八千年前的人头型器口彩陶，鼓起肚皮，睁开双眼，在虚无中差点儿让风吹倒了。

当我嚼下碗里一粒碳化的黍，迷茫的目光怎么也赶不上缓流的清水河。

清水河里，一尾鱼游着，另一尾鱼游着。那尾是飞翔的鱼，那尾是临水而居的鱼。

先民啊！

花祭·大地湾

杏花偷换春风的手帕，擦亮了大地湾的脸庞。

一个地穴一个家。十个地穴一个村落。十个村落一个王。

十个以上的地穴，无数的黑手帕，将王的身子擦拭得干干净净。

家里，男的准备汲水。女的正在续火。

一个男人的视野里，一个女人高擎着一顶灯。

不知一股浓烟散布在何处？熏黑的小洞口，运送着灼灼火苗，把我逼进清水河。

河水清凉——

几只鸟点头交谈，几对儿女光足戏水，清水河摄下了这一幕。

一种无比旷远、亲切的声音，融入安静，像是先民在讲述着风化的骨头。

大地湾是先民出行的一只脚板。

清水河是先民远游的一只小船。

原载《诗刊》2007年9月下

花祭·大地湾

风中的油菜花，铺开了黄金大道。

在大地湾宫殿遗址前，我停止的脚步，同样踏进了宫殿大门。

在一束束阳光身上，我遥感先民的脉络。而一块块阴云，又为先民披上了衣衫。

先民，这白骨耳环是低悬的月亮吗？这脖子上的项链是云雨后的彩虹吗？这隐约的地画是远古的手印吗？

深入先民的背影，我看清我们美丽的影子。

现在，春风扯住大地湾绿油油的衣襟，油菜花一块接着一块。

我相信，油菜花的开放，不会点燃先民单薄的身体。

先民，八千年过去了，这千万只蝴蝶是你舌尖上的新娘，这一朵朵飞翔的云不是为天堂奔放的。

原载《诗刊》2007 年 9 月下

花祭·大地湾

　　我的摄影机装不下油菜花的十里金粉，更装不下谷风的千年呼啸。

　　我要卸载一颗虔诚的心，借着黄灿灿的油菜花祝福：

　　第一朵油菜花开了，先民用目光剪裁云彩，一道霞光从指间流过。

　　第二朵油菜花开了，几个豆蔻年华的姐妹，借着星光，驱散饥饿，点播种子。

　　第三朵油菜花开了，雨水倾盆而下。先民，一种沉默就叫"雷鸣颂"，或"秋风辞"吧。

　　第四朵油菜花开了，大地湾骨头的夹缝里传来了惊叹，一道道晨光，像是先民的目光，打开了黑夜的缺口。

　　第五朵油菜花开了，桶鼓舞起来了。先民，忧郁的火焰，流过了山巅。

　　第六朵油菜花开了，石头从山顶上滚下，哇！先民用这口利牙，掘开大地湾的心脏，安放上自己的肺叶呼吸着。

　　第七朵油菜花开了，又一场雷雨过后，先民们齐刷刷地跪着，一场狂风渐渐软了，软得像是无法追寻的爱情。

　　第八朵油菜花开了，我只能让这八朵油菜花开着……花败了，籽收了，剩下光秃秃的八根枝杆，那就是宫殿的八根柱子。

原载《诗刊》2007年9月下

尘祭 016

花祭：大地湾

06

油菜花带来的绝不是大地湾的惊慌。

冬秋夏春，还是先民手里的四方占卜的骰子，幻化正反，一个脸色。

我不能心如止水！

布谷鸟秘密呼喊着黍的名字。先民播下黍的时候，又深埋了一个逝者。一方水土还黍一样清亮。

烈日烘烤着，先民拉响了体内的风箱，一口一口地接住草木的舌苔。一颗流星在夜空划亮。一个幸存者把自己看作草木的孩子。

秋后歉收的心起伏着，恍惚的先民，还在倾听庄稼拔节的声音，内心的焰火烧尽野草。山坡上的禾苗点击茫然的歌吟。

寒雪扑打在冬的胸口上，先民用一道道善良的目光，收留着一朵朵云的棉花。飞翔的鸟落在棉花的怀里。

原载《诗刊》2007 年 9 月下

花祭·大地湾

辽阔、缓慢、苦楚的时光，渗在先民的血液里，世界像是用这唯一的语言交流。

先民，这样的语言不会是拧出的四季的泪水吧。

记住的，我们叫它岁月。失传的，我们叫它漂泊。

大风吹送。四季轮回。

粉妆成先民的导游，她笑容浮出的表情，卡不住时空的壳。在继续讲述：先民在用春风的和煦兑换夏日的热浪。在用夏日的热浪兑换秋天的歉收。在用秋天的歉收兑换寒冬的火种。

先民，八千年过去了，这条兑换规则，永远证明不了后来吃剩的一块牛骨头。

原载《诗刊》2007 年 9 月下

花祭·大地湾

槐树花开了，像是一支古老的情歌弥漫着。

我真不希望时光放尽它们的血，我要那个王睡在槐花堆里。

在大地湾，一万个地穴式的家也转入荒凉：那八根顶梁柱不见了，留下的柱底像是八个脚窝。我看到八个深深的井口。

太阳涉过井口，黑夜的眼睛有了一线光亮。

月亮攀向井口，浩荡的云阵醉了一树槐花。

先民，太阳和月亮，在大地湾是两粒不灭的火种。

当年那张弓，像是大武库。一支箭挂在弦上还未发出去。体内的风仍是出猎的口哨。

夜空的星子和迷茫的心事常常别在月亮身上。

一轮月亮的忧伤，远大于太阳。

半个月亮爬上了的槐树梢。一个月亮却滑到了树根下。

爬啊——爬啊——

等到没有月亮的夜晚，我要告诉先民：我们爱太阳的热浪，也爱月亮的冰河。

原载《诗刊》2007年9月下

有关青海湖的水调歌头 （组章）

崔俊堂散文诗

有关青海湖的水调歌头

01

青海湖，当我穿过广袤的草原来到你的身旁，天不再蓝，更蓝的是你经营的这六千八百亩水田，像是一件被风月捻了千万年的蓝皮袄。

永远不会改变的色调，让一缕缕清风送走，被一波波水光接来。

迎来送往，我开始学着昂头的羊为你祝福，学着低头的牛为你祈佑。

夜幕扯开了过路的人，我又打着月亮的灯笼，守你悄悄地进入梦的水乡。

原载《诗刊》2014 年 3 月上

有关青海湖的水调歌头

青海湖，我走了这么长的路，绕了大半圈，湖光泛出静寂的心思。

布满贝类的脚面洗了又洗，而沉淀盐的膝盖，怎么看都像一两两白花花的银子。

我终于明白，在你的脚趾缝里深藏盐的故乡，有了盐就不缺过好日子的银两。

好日子掺进了青稞酒，好多的人醉在梦里。

有关青海湖的水调歌头

青海湖，酥油灯举过了头顶，依然在佛的脚下。

十几座雪山，十几条洁白的哈达，像是羊群依然如故的守候，托举出一轮日出。

由远而近的光影擦亮了湖边，映亮了湖心，那么多牛羊挂成天堂下的珍珠。

我仰望的目光布满嫉妒，白色的珍珠还是献给了雪山下的佛，黑色的幕墙带走你的守护神。

原载《绿风》2015年3月　《瀚海潮》2015年白露卷

有关青海湖的水调歌头

青海湖，我在寻找黑马河的源头，没有看见一匹黑马蹦出来。

在曲曲折折的河背上，有一棵棵小草，由青变黄的样子，像是一部发黄的经卷。

雪山诵了草原诵，草原诵了牛羊诵，牛羊诵了交给天幕上几颗亮晶晶的星星。

诵啊——诵啊——在风吼的影子里，我感受到了黑马的力量。

在雪山的长舌下，我体察到了青海湖的博大胸怀。

原载《绿风》2015年3月　《瀚海潮》2015年白露卷

有关青海湖的水调歌头

05

青海湖，谁的身世铺出了一条条通往天堂的路。

有一位年轻的大红袍僧人，手捻着念珠，一颗像是春天的青稞，一颗像是夏天的花朵，一颗像是冬天的雪粒。

我猜想，还有一颗属于秋天的收获。

在细得不能再细的回声里，交给了远方的神。

有关青海湖的水调歌头

青海湖，日月山的额头上有两颗心痣，你知道吗？

这是当年被文成公主摔碎的日月宝镜上的眷恋，让松赞干布的情丝牵住，没有让大风吹走，大雪深埋。

轮回的大风，吹得日月亭摇摇摆摆。经年的大雪，压不住发芽的籽种。

一代又一代，吃草的羊群忙着吃草。一辈又一辈，我也想学会交流。

唵嘛呢吧咪吽，这是哪一部经卷深藏的六座雪山，被鹰的翅膀轻轻拍响。

原载《瀚海潮》2015 年白露卷

有关青海湖的水调歌头

07

青海湖，如果地球有了幸福的眼圈，而哪一滴蓝蓝的眼泪把你的身世摆进去了？

不再高的山坡上挂满了五彩经幡，不再远的路上留下朝圣者的脚印。

我看到，一个朝圣者的内心像青海湖的水，堵住了风口上的冷，不让佛着凉。

一年一回，即使大寒来临了，那么多牵挂从佛身上走开，像是牛的手镯、羊的耳环，送给了卓玛去珍藏。

原载《瀚海潮》2015 年白露卷

有关青海湖的水调歌头

　　青海湖，第几座雪山引着你的脉冲。第几个毡房护着你的心脏。

　　云如经幡、草在枯黄，白色的鸥鸟撩起你的一件深蓝大衣。

　　我从这件大衣兜里取出一块块石头，学着你的守护神垒高了，就是不会刻写属于你的文字。

　　四顾茫然，在喝下这一碗碗青稞酒壮胆的时候，月亮像是不肯出嫁的女儿，回眸间点送了一道道秋波。

原载《瀚海潮》2015 年白露卷

有关青海湖的水的歌头

09

青海湖，鹰是哪位英雄的坐骑？

大风撕扯的湖面，已加快了我的心跳。露出一只胳膊的大红袍僧人，把大半个冬天分解给了夏天，开始借风的口哨，把一只鹰托举在雪山之上。

天和雪山之间，只剩下这只鹰了，我感受到了另一个世界的呼吸。

鹰啊！在天堂的屋檐下，气贯河山，翅如巨轮，推广英雄本色。

原载《瀚海潮》2015 年白露卷

有关青海湖的水调歌头

青海湖，是水在云里，还是云在水里？

一大堆忙着翻腾的云横空出世，而内心的水域平静如初，收下了远处的一百座雪山。

水洗的卓玛，草原上的格桑花，花苞里是否藏着云彩的故事。

这一世，把每一支歌唱得像是一束花叶上的一滴水。

相思的人寻遍天涯，在青海湖踏出浪花。

原载《瀚海潮》2015 年白露卷

有关青海湖的水调歌头

11

　　青海湖，滚滚红尘掩下笑容，那许多的欢乐还是留给草原上的帐篷。

　　草原是我的家，青海湖是我约会的港湾。

　　不再约会的时候，摸一摸旋转的经轮，眼前面的路像是灵魂、般若、缘起、因果四块石坂垒积的经台，通向天堂。

　　一只鹰翘首远望，天堂仿佛降到了人间。

原载《瀚海潮》2015 年白露卷

有关青海湖的水调歌头

青海湖，在这块草地上，有一座帐篷的门大开着，不知道主人去了哪儿？不知道风打了多少个回旋。

几条沟槽抛出了大把大把的泥土，让斑斑点点的草显得多么无助啊！

一大群牛羊顺着风雨，寻找每棵草的命根子，打探每一滴水的眼窝子，顾不上回头一望。

当我停下车回头再望的时候，挂在天边上的半个月亮投下我沉重的身影。

原载《诗刊》2014 年 3 月上　《瀚海潮》2015 年白露卷

有关青海湖的水调歌头

13

青海湖，云彩和阳光相撞后嘎嘎作响，这是一只飞翔的鹰搅动了雪山上的经幡。

有一位少年赤脚奔跑在草原上，追寻渐渐远去的鹰，为一位英雄献上属于自己的歌。

是啊，来到了青海湖，看不见鹰的时候，湖边上的每一块石头都好像鹰扇动的翅膀。

喝下酿了又酿的酥油茶，一群游客高垒的石头似乎也要飞翔。

原载《诗刊》2014 年 3 月上　《瀚海潮》2015 年白露卷

有关青海湖的水调歌头

14

青海湖，敢当英雄的少年，站在山包顶上，抛出自己的尿水时高喊着："我又救活了一片发黄的小草。"

这天真的声音仿佛是一只孤独的小绵羊发出的，让肉体接近了精神，让生命附依了灵魂。

一大群羊赶来了，整个天空塌陷在了草原上。

我只能用三三五五的雨点交接往后的日子。

原载《瀚海潮》2015 年白露卷

有关青海湖的水调歌头

　　青海湖，一头牦牛的嘴角抵着草地不肯离开，一只绵羊穿着花衣衫走向了祭坛。

　　一次大迁徙中的最后两只牛羊，像是不怕那即将到来的暴风雪，也不想赶在十月的路上。

　　面对一次灵魂的拷问，这两只牛羊啃定了草原深处的苍白骨头。

　　牛啊，羊啊，一片草地接着一片草地，唯有保温的身子和抵寒的舌苔，才能争取更多的幸福。

原载《瀚海潮》2015 年白露卷

有关青海湖的水调歌头

青海湖，有一条铁路从身边穿越，在通往西藏的地方叫天路。有几条公路抵达湖边，哪一条都被称作国道，可当年的文成公主面对这片草原，揪心一哭。

天路赶过了白色包裹的黎明，国道赶走了寒冷相随的黑夜。

哦，历史的镜面上，不管是白天黑夜，风抬高了草原上的牛羊。

历史的后背更像是一座座雪山，我们在不停地翻越和赶路。

原载《诗刊》2014 年 3 月上　　《瀚海潮》2015 年白露卷

有关青海湖的水调歌头

17

青海湖，阿尼玛卿山像是巨大的背景，屹立在天地之间。

不管谁在这儿，看的时间久了，阿尼玛卿山又像是一个巨人，在聆听着风雨与日月合作的无数部诵经，执着和专注的神情，把比纯净更加纯净的经声，带向心灵的疆土。

是啊，心灵的牧场大了，天下的牛羊多了。

这一寸寸土地，在呼唤世界的洁净时，放飞了属于自己的风马。

原载《瀚海潮》2015 年白露卷

有关青海湖的水调歌头

18

　　青海湖，雪山高出翻滚的云，草原同卓玛交谈自己的孤独。

　　阿尼玛卿山下，石头围筑的院墙，让岁月打开了几个缺口，唯一的一间土房门上，让不知名儿的花草挤出挤进。

　　这小小的村落已有最简单最原始的思想，没有必要过问风雨下的羊群，但我要借一滴雨珠写下传唱：

　　栖落在幸福的天堂，珍藏草原上的忧伤，怎么也得想青海湖这块好地方。

原载《瀚海潮》2015 年白露卷

有关青海湖的水调歌头

青海湖，有一条瘦瘦的倒淌河流进你的怀抱，犹如一条明亮的缎带，却挂在了牛羊的脖子上。

湖边上睡着的王母娘娘，心明如镜，摘下星辰照亮了这么多牛羊。

高龄的藏族阿妈献上酸奶的时候，捧出了吉祥如意的笑。

羊皮制成了水袋，丝绸铺在路上，藏族阿妈牵出了一匹黑马，叫我们再看一遍草原。

原载《瀚海潮》2015 年白露卷

有关青海湖的水调歌头

　　青海湖，阿尼玛卿是我的祖父，每天背着石头去修补一座藏经台，剩下的力气还要磕个长头。

　　盘腿坐下，一把藏刀不再寻找冤路人，而是给儿女们讲狼毒花的故事，然后把第一块肉扔给冥想中的鹰。

　　借着月光细数一地羊群，体内的风开始高唱：

　　大风骤起兮，云彩飞扬。大风聚合兮，热血沸腾。

月照贺兰山 （组章）

崔俊堂散文诗

月照贺兰山

今夜的月亮爬上来了，贺兰山静静地亮出自己的身世：往前推，无数坑穴证明这里风很大。往后推，露水洗身的日出已跳出黑夜。

在一块布满花草的石头中央，哪一横凿是史前女子的唇？哪一竖凿是史前男子的眉？

横竖交错的布道，只好看作求生的心迹了。

原载《星星》2009 年 3 月

月照贺兰山

　　今夜的月亮回头守望着，贺兰山衔着半边落日，另半边铺在沙滩上，像是埋葬三生的血。

　　只有一块石头，收留了落日的光晕。

　　第一圈上的二十四道光芒，替补了二十四个节气。第二圈上的十二道光芒，迎来了十二个月份。第三圈才是先民的眼眶，让六道光芒悄悄滑进夜空，寻觅远古的身影。

原载《星星》2009 年 3 月

月照贺兰山

今夜的月亮像块指南针盘，贺兰山把自己一圈一圈的手印比作同心圆。

用一个看得见的心点写实太阳和月亮，用一个看不见的心点素描洁白如玉的身子。

日月的光华，照亮这么多身子。

一个氏族部落的酋长长着花朵的眼睛。一个氏族部落的酋长长着春天的眼睛。

两只对视的眼睛里，忧伤比黑暗更黑。

原载《星星》2009 年 3 月

月照贺兰山

今夜的月亮像是上天抛出的红绣球，贺兰山晃了晃，惨白的眼神薄雾般隐去。

一块块石头裸露着光滑的脊背，一块块石头咬定人类的前身。

沙枣树在结霜的风头上打战，贺兰山的眼里干净得容不下一粒沙子，却把一块块石头当成了明心痣。

人类啊，像这石头一样是不能风化的。

原载《星星》2009 年 3 月

月照贺兰山

05

今夜的月亮，还是月亮，就像贺兰山知道身上的石头是亲生的骨肉。

豢养牛羊，不用食粮。

一只羊，被山下的流水圈定。一头牛，靠山顶上的月亮照看。

这样繁殖每一只牛羊，等于修建远古的祭坛，等于怀念借助黑暗的力量流浪的迁徙的先民。

原载《星星》2009 年 3 月

澳洲 随感录（组章）

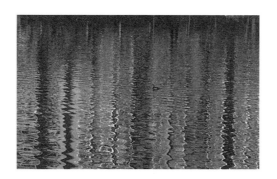

崔俊堂散文诗

澳洲随感录

草长莺歌，这是需要久恋的好地方。

——题记

01

天上的云，像是一床棉被，扯不出一根丝线。

无牵无挂，飞机嗡嗡地鸣叫着钻入棉被，整个身子颤抖起来，下滑到地面跑道上停下来了，仿佛一场海潮突然消退。

从机舱里走出的人，似乎追随着流水似的时间，去了不同的方向，但又被卷入另一场海潮。

不同的地方，不同的语言，高举着同一块招牌。

在陌生人的海洋里，有一个相识的人，竟如见到了亲人！

在疲于奔波的旅途上，有一个相随的人，觉得多么有福！

在异国，尽管不能用母语沟通和交流，但我却分明感受到了肢体语言所传递的真挚和微妙。

人流的速度加快了，车流的速度加快了，我的收视也加快了。

大千世界里，人们都有着一颗炽热的爱心。

原载《飞天》2012 年 5 月

澳洲随感录

　　汽车穿行在长长的隧道里，仿佛穿梭在扑朔迷离的世界，突然间的停电，如同巨大的黑幕遮盖下来。导游风趣地说："即使停电了，深邃的目光，也会照亮陌生的面孔。"

　　难道我们每个人身上都有刺破黑暗的曙光？要么生活的前景在击退巨大的黑幕，处处显身光明？我这么理解导游的言辞。

　　半个小时后，汽车终于穿透了黑暗，一大把一大把的阳光迎面直下，将一大片一大片的桉树照得透亮。这个时节，这些桉树只剩下光光的树干和秃秃的枝条，没有叶子，枝头上团着一簇簇新芽，仿佛这里的春天就归属于这一大片桉树了。

　　听说这山坡上的每一棵桉树，曾受过一场大火的炼狱，今年已是第三个年头，这些桉树却奇迹般地复活了。是因为它的根深深地扎于地下，还是被定为国树的缘由？已经没有人再加追问和大发议论了。

　　"野火烧不尽，春风吹又生。"在地球上的每个角落，再疯狂的野火，也抵挡不住春风的驻足。

澳洲随感录

有一种动物，只会前进，不懂得后退。澳大利亚人把它铸造在硬币上，跑的样子像是在飞。

还有一种动物，没有乳头，生下的小崽子，用长长扁扁的嘴巴顶着妈妈的胯下就能吮吸乳汁。澳大利亚人把它也铸造在硬币上，这种动物的肌肤就是一整块爱的净土。

铸在硬币上的这两种动物，似乎正代表着国人的向往和追求：前进的每一步是振奋的希冀，厚爱的每一次都深藏着付出。

海水漫过去了，海风无语。我轻轻地放下之前采摘的两朵野花，在沙滩上画了两枚硬币，把两朵野花插上去，在静观着，也在遐想着。海水又漫过来了，两种动物的影子浮现在水面上，浮在了花朵之上，那份亲昵的感觉如同为一次倾心的相约而献上两束玫瑰。

重新审视新生活的境界，金钱反映了人生资本的一面，而另一面却折射着强大的精神和崇高的信仰。

海水漫来漫去，抚平了沙滩上的沙画，两朵花也随着海水漫无垠际地漂流。也许大海的力量来自于她内在的平静，我凝望着大海，顺手回复了一条异域朋友的短信：祝福快乐生活，疗养精神世界！

澳洲随感录

澳大利亚人的房子不高，大多数属于别墅式的两层小楼，楼顶覆盖着紫红色或者银白色的琉璃瓦。整座房子简洁而明快，轻松且舒畅，四处透射出田园诗般的韵味。

一座房子一个家，好像在独自宣示富有背后的一种温馨。

一个家园一处景，仿佛在悄然传达怡然之外的一种自得。

每一座房子形貌各异，不同的家园错落有致。看上去，他们在有限的空间里亲切交谈，嘘寒问暖。

路上车流不息，行人却稀少。

我在寻找他们的院落，原来这些建造是有房无院，有院无墙，而只是被不同树木组成的围墙环绕着。房子之间的空闲地带全是草坪，还有各色各样的鲜花点缀在其中，但最多的是空幽婀娜的兰花。

这座城市喷洒着空气清新剂！我在一位同学的叹服声里体察到了特有的温馨。"百卉千花皆面友，岁寒只见此三人。"在澳大利亚人眼里，花花草草已是不能舍弃的朋友了，中国人梅兰竹菊式的君子情结已然是他们坦荡荡的人生追求。

性情与自然的融合，生命与环保的渗透，在建设园林城市、生态家园时，这是不可或缺的主题。

原载《飞天》2012 年 5 月

澳洲随感录

伯利格里芬湖像是一面扁圆的镜子，晶莹剔透。湖面上的黑天鹅，一如镶嵌在镜子上的黑色澳宝石，使迷离新奇的湖色平添了几分妩媚，愈发显得空灵俊秀。

几乎在同一时刻，游客们咔嚓咔嚓的摄像机快门声，让湖面上的几十只黑天鹅突然起飞。谁也捡不到这几十颗黑色澳宝石了！我在惊异中摄下的最后一颗，在蓝天和白云的映衬下，宛如少女脸庞上的一颗黑痣，更加靓丽。

这就是秀逸多姿的伯利格里芬湖！

这就是黑天鹅的故乡！

这就是大自然的神奇杰作！

庄子曰："若夫乘天地之正，而御六气之辩，以游无穷者，彼且恶乎待哉！"精神与物质之间的流动，让我分享到了人与自然的亲和。

烈日当空，湖面上吹来了缕缕清风，游客们发出了惬意的感叹。当上苍泛出大片大片蓝的时候，当草地拖出大块大块绿的时候，为了这一颗活灵活现的澳宝石，我在向谁讨价还价呢？

原载《飞天》2012 年 5 月

澳洲随感录

阳光下的澳大利亚议会大厦，泛着熠熠金光，坐落在首都山上，这是在见证山外有山的姿态，还是在证明议会权威的至高？议会大厦硕大的半圆形顶部像是横割下来后平放的半个地球，球边上的四根脚架渐趋合拢，举起的旗帜定格在蓝天上，舒卷如云。

首都山下缓缓起伏的草地，如同荡漾着的绿波，收容了星星点点的花儿。此刻的大厦，又像是备受抬举的主人，自然祥和，温厚典雅，似乎已规避了一次唇枪舌剑，隐退了一次鲜活宣言。

我无计于烈日的曝晒，一边苦想，一边发问，那建筑设计师的初衷在表达什么？如果这种设计风格占十分的话，那七分属于优美，三分归于俊逸，还共同折射出了几分安详。

议会大厦正前方的和平大道，无拘无束，径直通向战争纪念馆。迎风招展的旗帜呼啦啦叫着，大道两旁雕塑的英烈，有的怒目，有的沉思，有的泰然，有的轻蔑，他们是否听见这旗帜发出的和平呼唤？是否看见小鸟在自由地飞翔？

即将中午了，我们不约而同地坐在战争纪念馆前的台阶上，等待参观中还未回来的人。为了缓解乏困，一位华人导游叫我们就眼前之景说句话，其中有一位感叹道："百鸟儿上下翻飞，游客们往来不绝。"

游客们哈哈笑了！

台阶上的海鸥喳喳叫了！

澳洲随感录

在悉尼港口本尼朗角上屹立的歌剧院，像是几只行立的大贝，又像是挂起风帆准备出海的船。

和平与发展是这个时代的潮流。当离开悉尼歌剧院时，总有一种交织着现实的想象跳出港口，跃入我的眼帘。二百多年过去了，中东地区依然笼罩着战争烟云，和平的船只在风雨中漂泊，发展的通途在风雨中穿梭。

悉尼歌剧院美轮美奂，盛名空前。在歌剧院落成后演出的第一场歌剧是根据托尔斯泰的《战争与和平》改编的。当时的英国女王伊丽莎白二世专程前来观看演出，也许她更加关注的是举国欢呼、百业待兴的情景，更加迷恋的是大英帝国挥斥方遒、指点山河的野心。

《战争与和平》的歌剧还在续演。造型怪异的构建不知在多少人的目光里驻留。巧夺天工的设计不知吸引了多少建筑师前来观仰。

悉尼港口长桥像大海上的一道长虹，贯通了两岸。夜色沉浸于港口，万点灯光辉映着港口。桥的右面，雄浑的交响乐时断时续地从歌剧院传出。桥的左面，从几艘停泊的军舰上传出了欢歌笑语，一阵紧似一阵。

桥有中天柱，右边唱歌剧，左边走"歌女"。这是一位导游诙谐的言说，尽管在歌剧的谐音里错了一个字，却分明道白了两个世界。风云起处，沧桑变化。千古江山，如诗如画。老百姓只希望有一个太平天下，在身边，在心间。

原载《飞天》2012 年 5 月

澳洲随感录

澳大利亚被称作未经污染的"挪亚方舟"，橄榄球被澳大利亚人视为国球，水上体育项目已成为国人最喜爱的健身运动。

十几天时间悄悄地流走了，我认为赏心悦目的地方，不是草坪，就是大海。只因为不能用语言交流，观察便成了最重要的交流方式。只要是健身运动，没有不好看的。在这个国度，人们把健身运动当作生命追求，在广泛参与中分享着极致的快乐，散射出了悠闲的生活情调。

每一处体育运动场所都是与环境优化分不开的，每一项体育竞技都是益于身心的。

2004年悉尼奥运会主场馆，那些雄伟、奇美的建筑群，自然而然地展现着干净、美丽、和谐。更令人叹服的是，当年如果悉尼败北主办权，将在歌剧院顶上大放激光束烟火，向获得奥运会主办权的国家表示祝贺，这种友好、公平、参与、和平共处的全球化意识，真正体现了奥林匹克精神。

澳大利亚是酷爱体育运动的国家。发展体育运动、增强公民体质的热潮，亦如大海惊涛，一浪高过一浪。

久违的五环旗，南半球欢迎你……这歌声至今听起来还是那么令人开心。

澳洲随感录

在澳大利亚的几个城市里，一草一木、一砖一瓦代表着什么，没有更多的人留心和在意。我发现一些至今保护完好的花木树碑和零散的古旧建筑，如同展现国史的画册，简洁而醒目。

城市两旁有一些简朴清雅、古香真切的民用住房，至今有50多年了。这些房子的砖还是那时的砖，瓦还是那时的瓦，但已被政府收购，作为国家文化遗产的一部分已完整保留，原有的格调渗透了古老的积虑，一点儿未曾改变岁月浸染的肤色。

在路边上有两座尘封的瓦窑，从脱落的半节烟囱身上，可以看得出来已经很多年没有烧制砖瓦了，但那火一般的胸膛、铁一般的骨头依然昭示，热爱生活需要从内心燃烧。

3个多小时的长途客旅，带来了一点睡意，我突然惊觉，尊重历史的人，不一定是创造历史的人，也一定是国史的贴身人。

爱国需要奉献，爱史需要贴心。这如同房子和瓦有必然的联姻，保护昨天和展望明天有必然的因果。澳大利亚人对"未知的南方大陆"给予了新的诠释，未来的日子里，每一处用心留守的草木和古迹，加固构建了他们的美好家园。

原载《飞天》2012 年 5 月

澳洲随感录

夜幕降临，布里斯班河犹如一条明亮的缎带，从西边山峦上缓缓拉开，扯动苍茫。

这座城市被澳大利亚人誉为阳光之城、河流之城。赞美阳光和河流，已使这座城市的人感到了一种超乎寻常的自豪，就像是青霉素最初在这里被发明一样自豪。

市区街面上的一些欧式建筑宁静肃穆，建筑群之下散布着画油画的、弹琵琶的、吹长号的、打太极拳的人们，不同的演技传递着相同的娱乐，吸引着众多行人驻足欣赏，在轻松浪漫中度过了一段闲暇，在欢愉中增加了几分雅致。其实，这是多元文化的因子附着青春的激情和年少的活力，浸透了每一根筋骨。

观众最多的地方是一块草坪，有三个土著人在表演"飞去来器"。这种器械是当年土著人用于防身、打猎的工具，类似于弯镰的木制品，在抛出去未击中要害时能够原路返回。一场又一场的表演赢得了雷鸣般的掌声和如潮似的喝彩。

艺术的影子在这座城市的幕布上漫游。

劳动的掌印在这座城市的心目中拊留。

为艺术喝彩！为劳动鼓掌！夜色彻底笼罩了街面，过往的人三三五五。我坐在石坂上，沉浸于奉若神明的艺术家园里，还在为创造艺术、表演竞技的人加油！

原载《飞天》2012 年 5 月

澳洲随感录

⑪

"几百万澳元的房子里住着穷人。"这是澳大利亚的一则广告。这则广告的用意，是宣传一个高福利的国家也得学会节约。澳大利亚每个城市的绿化面积可达40%，但这还是不能消除干旱、冲蚀、饥渴和野火的占据，也没有完全摒弃一些国人孤独、无助和失落的呐喊。

如果放开想象的话，澳大利亚确实像是一片巨大的绿叶。喜欢水上健身运动的澳洲人，一会儿在浪尖上游走，一会儿在深谷底畅游，在彻彻底底地见证着这一片叶子是多么厚实和坚韧。

那一片叶子，托起一片蓝蓝的天。蓝蓝的天映衬着蓝蓝的海。

那一片片叶子，点缀着高大的圣诞树。圣诞树下的白须老人拖着几个孩子，轻唱着幸福吉祥之歌。

今夜，我独自行走在海边上，那些距我很近的星星，被海风洗亮的星星，如同一个个孩子的眸子，闪动在祥和的南十字星座上，似乎专注地倾听着一个个悠远而美丽的神话和传说……也许是曾经的谎言，在今天却显得那么真实和有趣，让这块土地上并不悠久的开发史，散射着如此久远而多彩的韵味。

迷茫的想象铺开了我靠近澳洲的路，仿佛又一次看到纯净黑亮的澳宝石，退隐深藏的一滴滴血泪，像一个新时代的代言人，和蔼可亲地笑了。

乘物以游心，草长掩莺歌。我也要从内心感谢，上帝为热爱生活的人赐予了一块好地方！

澳洲随感录

墨尔本是否是澳洲的心脏，我实在难以定论。在未到这个城市之前，这个形象的比喻，已经增加了这个城市的分量。

市区的一些现代建筑群体中夹杂着古老的欧式建筑，使风采时尚的城市溢出了肃穆庄重的气色。一百多年前的电车在街面上游荡着，像是回放着一部旧影片，偶尔有装饰华丽的马拉车穿梭，仿佛时间的长河里，有一段必须属于过去的日子。

一百多年过去了，古老交织着现代，这个城市还在均匀地呼吸。

也许二百多年过去后，现代还在承接着古老，这个城市的脉冲还如同今天一样缓和。

科技的发展需要一方净土，人文情怀的根基需要一座乐园。一个异国人游览在这个城市里，感知民族的、现代的、古老的文化元素，在悄无声息地融合着、挤压着、传播着，就如同澳洲人把一白一黑的人，看作综合色的或者灰色的人一样，倍感亲切。

时代的呼吸永远属于自己的肺叶。我仿佛坐在南十字星座上，观看着不同母语、不同肤色的人，在共同演奏着荣获诺贝尔文学奖的"风暴之眼"。一部戏剧的活力溅在海浪之上，一个国度的激情溢于牧草之上，至今没有人拉下帷幕。

一年有一季，一天有四季。自然的风情，亲和的力量，像是南太平洋一样，彰显着这个城市的影响力。

澳洲随感录

13

黑天鹅不管游戏在海面上，还是信步在草地上，永远是一块黑色的澳宝石，流光四射。我知道，这样的比喻已不新鲜了，但这种鸟为了爱情，经常是比翼双飞，并肩嬉戏，这是不可争辩的事实。

大概因为有了这种爱情鸟，就有了"幸福的教堂"。在"幸福的教堂"举行婚礼的人，大多数白头偕老，厮守终生。他们是一对对人化的黑天鹅，创造自然杰作，凝聚人文情怀。

在一个离婚率较高的国度里，树立尊重爱情、坚守婚姻的标杆，插在"幸福的教堂"之上，这是否说明安康的福祉永不衰落？

"利是"是祝愿的名片，"意头"是祝贺的名片。"幸福的教堂"，请接受来自于大自然的名片吧！

无花果树祝福的名片上，丰硕的果实银铃般响落。

蜘蛛兰祝福的名片上，沁人的香泽布满了家家户户的窗台。

贝壳杉祝福的名片上，一道道金光牵扯出安详的脸庞。

原载《飞天》2012 年 5 月

澳洲随感录

草长莺歌，这是需要久恋的好地方。美丽富饶的乐土，需要拥抱自然的主人，需要建设祥和的家园。

有一位澳大利亚教授风趣幽默地讲道，中国的长城从月球上是能看得到的，而澳大利亚的篱笆墙在月球上是看不到的。不管在中国，还是澳大利亚，月亮还是那个月亮，星星还是那颗星星，为什么澳大利亚篱笆墙的影子深了又深？

深深的影子深藏着玄机！这一再表明无数拓荒者的生命还在延续，但影子深处注入的却是他们的血泪。"家园的后代，本职是不允许家园有所染指。"是的，一个真正热爱生活的人，应当从珍惜家园的一草一木做起，这是迈向生态文明的第一步。

草里蛇惊，好日子高过了声誉！

云间电发，金钱能够战胜长枪！

从这位教授喜悦的目视里，我察觉到了一种生活的幸福感，从内心用他们国歌之词祝福：

"常胜利，沐光荣。享民望，心欢畅。"

原载《飞天》2012 年 5 月

澳洲随感录

15

金合欢花是澳大利亚的国花，又名相思树，在世界上约有800多种，而在澳洲大地上有500多种。每当金合欢盛开的季节，花的世界便在这儿展开，无数的花朵簇拥在一起，像是熊熊燃烧的火苗，蹿红在不同的地方，洋溢着奔放的热情。"同胞来自天涯四方，困苦欢乐与共"的国歌，在这样的时节，显得那么切实而富有感染力。

食火鸡是澳大利亚的国鸟，又名鹤鸵，善于奔跑和游泳，能够神速躲避天敌而化险为夷。"一个国人不仅要当田径赛场上的强手，还要做游泳场上的健将。"无需说明，在这种鸟身上同样印染着澳大利亚人的自信。

澳大利亚除了国旗、国歌之外，还树冠般地确信有国色、国树、国花、国鸟、国球，这些"国"字头的产品，如同炫目的橱窗，在向世人展示着神秘、独到和富丽，一定是寄托了任何一个国人对祖国的挚爱。

生命在每个时刻召唤着热爱生活的人，哪怕就是一回梦境、一滴清泪、一次感动，只要有爱的奉献，一有机会就一定能使愿望成真。当我们每个人在安静下来的时候，面对任何一种昭示和呼唤，如同聆听内心的声音，或者沉淀纯洁的表白，美不胜收就表明生命不息。

想一想国旗，一个高高大大的王眷恋着他的子民。

听一听国歌，一颗红红亮亮的心守护着他的王国。

原载《飞天》2012年5月

澳洲随感录

16

澳大利亚的电视节目上不止一次出现这样一个镜头，一个富有神秘感的小伙子躺在羊背上，仰望南十字星座。我终于明白，一个骑在羊背上的国家，扩展畜牧业的雄心已定格在九天之上。

三阳开泰，六合同春。画下三只羊表示三个太阳，画下六棵草表示同一个春天。在传神的速写中，羊的和平、温顺是完美的。澳大利亚人把每年 8 月 14 日定为羊的节日，不准吃羊肉，不许剪羊毛。许多牧羊人像是一个个布道者，在刻画自己心中的羊。不言而喻，这种心境一定是纯洁的、高尚的。

第一只羊，在无风的夜晚，啃着一地簇新的嫩芽，啃着芽尖上安详的月光。

第二只羊，在风吹草低的时候，露出的半个身子，像是半块洁白的玉，熠熠生辉。

第三只羊，在大草原的边际奔跑，被一只牧羊犬追随着，亲密无间的样子胜过了姐妹。

一个骑在羊背上的国家，有草吃的羊是多么幸福，会呼吸的羊毛又是多么清新。

原载《飞天》2012 年 5 月

澳洲随感录

苹果、啤酒配得上烤牛排。

橄榄枝、绿茵地迎合了健康乐园。

有一个公民去国外探亲，带回家1公斤苹果，受罚2万澳元，这个苹果足以让国人吃几辈子。

有一个学生逃避了一次乐园门票，在录用工作时被视为品格问题而搁置，这张门票也让国人思考了半辈子。

不一样的行规，不一样的视角，合法无法见证合理。这个国度把法治之下的生活当作一面镜子，法律效力和美好生活如同镜子的两面。一面让法律擦拭得明明亮亮，使每个公民看清自己的真面目，用心投入"阳光工程"。一面让身边小事擦拭得干干净净，修剪花园的公民如同一束束阳光。

这个国度的这面镜子，止水如善，在容纳一个个公民的过去、现在和未来时，还容纳了天然自净的雪山、幽居随心的野花。每到一地，一个故事的光彩伴同一场生活的自觉。

庄子提倡心神与自然融为一体的"心斋"。涉世以自全，心净则空明。如果面对风俗低落、道德滑坡、诚信缺失的现实，那子民们的"心斋"如何构建呢？

当身边事为大事，让百姓化作神话。为了这副对联，我只能说，一个故事的光彩伴同一场生活的自觉，乐在其中就一定能乐而忘返。

原载《飞天》2012年5月

澳洲随感录

澳大利亚人徜徉在高福利事业的长廊里，安恬的生活是一剂良药，国人在尽情地喝着、谈着、笑着，总是少那么一点儿载酒论诗、挥毫对客的韵味。物质刺激像极度灵通的催化剂，诞生了国人的三大梦想，也许这是"梦创时代"的安魂曲，也许这是"梦幻世界"的安眠药。

第一大梦想，步入青年就要拥有一辆属于自己的小轿车，这等于写下人生的一撇。

第二大梦想，青年人结婚时就要拥有一座宽敞的房子，这等于为人生写下了一捺。

第三大梦想，进入晚年的人们该有一艘豪华游轮，这才等于把人生装进大大方方的家里。

一个"梦创时代"，生命的本钱是否在人文的关怀里不断增值？这种追求自我、金钱的狂热，是否在扭曲人性中淡化一颗纯洁的心？

新一代澳大利亚青年人越来越不珍惜生命，自杀率已居于发达国家之首。这一现象在表明，金子的光亮里，也有迷茫的人生。

不管是"梦创时代"，还是"梦幻世界"，他们所拥有的梦一定是圆的！冲浪者继续冲浪，放牧者继续放牧，淘金者继续淘金。

原载《飞天》2012 年 5 月

澳洲随感录

澳大利亚的每个州政府都建有一座美术展览馆，造型奇异，独具风格。

每个展览馆展出的作品中，油画和雕塑数量最多，而土著人的绘画作品已成为另一道美餐，那些石块、羽毛、骨头、泥巴作为工具和载体，组成与点、圆有关的特殊图谱，迷离古怪，真切动人，如同观看四维电影，一个个暗淡的影子渐渐明亮，指点着远古人的今世今生，证明了古典文化之内的现代艺术。

有一位参观的澳大利亚华裔讲述着，土著人的艺术是以"梦创时代"为主题的，这些作品都有梦的影子，其实都是现实的写真。

参观的人一个个离去，讲述的人也不见了。我在想着一个梦创时代，想着一个现实世界。它们是一个口腔中的两排牙，咀嚼着原始生活，为后代创建艺术宫殿留下了寒骨。这就是一些神秘的符号，这就是一种失落的艺林，抽象中见逼真，朴实里显多姿，让自然和人性永放光彩。

雪落无声是一种境界。

沉默如金也是一种境界。

土著人躺在大自然的怀抱里，再现了天堂般的梦境，他们同样是土地和太阳的主人。

原载《飞天》2012 年 5 月

澳洲随感录

　　澳大利亚联邦政府下属六个州和两个领地。州政府办公大楼上高挂着两面旗帜，一面是底色深蓝的国旗，一面是底色深蓝的州旗。这蓝啊！全是海蓝，也许寄托于南太平洋。迎风飘扬的两面旗帜，又像是南太平洋上飞翔的两只大陆鸟，轻松自由，顾盼相恋。

　　州议院会厅简直是个黄金屋，华丽富贵，典雅别致，体现了罗马科林斯式的建筑风格。最令人吃惊的是参议院议长专座后侧华盖上方的标志，那一只皇家雄狮象征力量，那一只独角兽象征纯洁，这两只动物前蹄腾空，同时扑向中心的皇冠，这是否表明，至高无上的皇权，需要万物拥戴？在皇冠下方，那么多贝壳式的耳朵，紧贴着太阳似的圆铜镜，这是否表明，参议院在睁大眼睛观看着纷繁的世事，在专注地倾听着民众的声音？

　　南十字星座闪烁在南半球的夜空，望啊，数啊，那六颗七角星和一颗五角星引人注目，一一迸出，遗憾的是没有人给我讲述这七颗星的故事，只有一个异域人在近距离地感知每一颗星的神奇。躺在绿草地上，游走在植物间，岁月蹉跎，好梦如潮，探访未来等于打探生命不息的家园。

　　"这块土地充满了惊奇、冒险、冲突和不可思议，但这一切是真实的。"当想到蓬勃发展的澳大利亚，当年马克·吐温在《赤道旅行记》中如此的描述已成为历史老人的面孔。

　　过去的永远成为历史，未来的必将写成历史。

澳洲随感录

21

一位公民讲到，每个州政府是公民的代言人，他们的行为是为民众负责和服务的。

一位导游讲到，有个总督在纪念澳新军阵亡的集会上宣誓，这面旗帜应当成为真正的国旗。

一位议员讲到，在这个岗位上工作是义务的，主要是接待来访和了解当前市民面临的困难。

这些不同场合的发言，像是一块面包或者一包牛奶，亲自吃过的人或者没有吃的人，不是在崇拜图腾，不是在重塑信义，而是在抒写自己的家园，在速写金色的地板上追求者的足迹。

这个家园，建在绵延不断的海岸上，黄金屋里住着的人，不再望洋兴叹。

这个家园，圈养着一只乌牙拉山脉似的大驼羊，静静的守望中流放了那么多小羔羊。

这个家园，安置在矿床上，那么多人脱去"皇家"的外衣，在矿山上洗衣做饭。

"当你真心渴望某样东西时，整个宇宙会联起来帮你完成。"这个故事的主人最终讲了这么一句醒世警言。如果缅怀澳大利亚家园的建设者，走自己的路，哪怕是一小步，也是在追求心灵的进步，这完全在缔造一个圣洁的家园，用一种不同寻常的意志改变着一个家园的未知。

原载《飞天》2012 年 5 月

澳洲随感录

澳大利亚宛若一位秀丽的少女，身着南太平洋这条宽大的蓝裙，任海风吹拂，任阳光沐浴，还在亲昵绵延不断的海岩，还在放飞一只只海鸥。

海水的潮动里，一只又一只海鸥，漂在浪尖上，为一群又一群的冲浪者炫耀动听的歌曲。

海边的流岩上，一个又一个家园，在海风的抚摸下，表明相盼是一种永远不想离散的心思。

海风的腥腻中，一叶又一叶小船，在漫不经心地游移，始终没有离开流岩上的家园。

天之涯，海之角，星星点透了月亮的门面。在辽阔的草原上，这些贴着草地的星星，又是无数只牛羊的门面，红红火火，退隐一场寂寞之后，又似乎退出富裕，用剩余的闲云点缀另一个世界。

面对这种清闲，面对这种安怡，面对这种静穆，面对这种康泰，我在感怀：

留恋中才能领略原始的现代，也许这叫作《幸福谷》吧！

回味中感激无邪的纯净，也许这叫作《男孩和月亮》吧！

原载《飞天》2012 年 5 月

黄昏:有关长城遗址的备忘录 (组章)

崔 俊 堂 散 文 诗

黄昏：有关长城道别的备忘录

01

西天的晚霞拂动着绚丽的纱巾，我在长城身上，细数着一节一节逝去的时光。

独对苍茫，岁月还在改变着长城的身板，我还是长城的祭奠者，用沙漠之上的落日，祭奠长城长长的心肠。遗落的长城像是不肯抛弃的几朵大蘑菇，头贴着落日的耳朵，用脚跟放飞了几只苍鹰。

死而复生，趴根上的复活草接住嘶吼的风头，以及风头上的一丝血红。

生而光复，沙漠深处的大蘑菇蔓延着一道道光环，这分明在高举着一面不改初心的旗帜，柔长而缠绵，护送着高远的天地。

落日之下，风沙前头，仅有一个祭奠者——是我，或者我的来生。我手攥着风沙，用这种方式在留守长城，看见每一个时代的潮流绕着几朵大蘑菇奔涌。

过多的血和一路寒光像是黄昏无言的诗，已改写不了长城的传奇。遗落的长城，身子里还有一股强大的脉冲，拖着结上霜的茅屋，赶在天那边。遗落的长城不那么长了，每一层台阶是潜在我深水里的脚，每一处垒石是藏在我火热中的手，在顺应着一个个子民，似乎已挺过了一个个不可攻克的难关。

请允许时光倒流吧，我要记住长城最初的一次次交谈。

原载《星星》2018年4月下　《甘肃文史》2017年5月

黄昏：有关长城道落的备忘录

仅剩下半山腰亮光，贴着长城风剥雨蚀的面庞。在这尘世间，受伤的事太多，谁在灵魂深处唱着一个人心安的歌，我找到了长城的另一个归宿。

遗落的长城分成两截，像是两头狮子，头抬了又抬，身子抖了又抖，不可改变的目视拉向远方。赤黄的沙漠在狮子前面，酷似托着几千年大水的影子，逼走了一场风暴。残留的村落在长城脚下，擦亮了蜡黄的肤色，把仅有的三棵大树抱得更紧。

两头狮子——两座高高大大的王室。

三棵大树——三尊厚厚实实的鼎盛。

我开始为这两头雄狮担忧了，在艳阳和大风的鞭子下，它们的威力还能持续多久？如果生命是一个有故事的人，一定在期盼一场守望，就像遗落的两截长城守望辽阔的沙漠一样，就像呼啸的狮子镇守着广阔的边疆一样，我要用筑城者的手掌把劳动的身影推得更远，把不可改变的血缘拉得更近。

在热爱的注目里，留住这一次守望，劳作的汗水发变成甘甜的乳汁。

在宽厚的胸膛上，挖掘这一次守望，遗落的长城幻化成美好的广厦。

黄昏：有关长城遗落的备忘录

在黄昏的余晖里，落日回了一个头，逐走时光的黑暗，这是在顾盼谁的脸庞？我的祈祷落实在这遗落的长城身上了，寻觅安安静静，寻求一次次回首，再没有别的愿望。

"大漠孤烟直"，其实大漠更广阔了，那一柱狼烟曾经是长城的魂灵，走远了，还要抚摸一回长城。

"长河落日圆"，其实长河已干涸了，那半天晚霞还是长城的眉目，消失了，还要留恋一回长城。

悲壮的边塞诗里，遗落的长城尽管把自己藏得更深了，却始终唱着雄浑的高歌：单枪走马，刀光剑影托不起沉重的行囊。净身出塞，琴心剑胆承载着一路风云。

遗落的长城仿佛鼓舞着一串龙灯，扯住了落日的衣袂，黄的铺金，青的泼墨，白的透风，红的闪亮，蓝的流水。神出五彩，长城打下时光的灯蕊，牵引着大风的呼啸，点亮一支劲旅，缓缓行进。

在这里，长城是否定格成地球的一条飘带，我又一次看到了我的故国的前生。

原载《星星》2018年4月下　《甘肃文史》2017年5月

黄昏：有关长城道展的备忘录

一弯新月探出半个头，几颗星子泛出一丝光晕，我举着长城的火种还在赶路，从一地的春天赶向另一地的春天。

黄河带来的黄金从天而降，降下一条奔腾的黄龙。

长江提成的白银沿路洒下，绘出一条奔腾的白龙。

二龙戏珠，或者二龙戏水的故国情结里，遗落的长城，卡断了的身子是一把赤裸的筋骨，扯向远川了，而断断续续的影子仿佛日暮人间的长卷，布满了沧桑。

一把一把的衰草折倒后连不住长城之上的天了。天，把守着长城，把每一棵草木当作世纪老人的胡须，刷青了又刷白，刷白了又刷绿。跑不掉的秋风给长城披上黄莹莹的龙袍。

一片一片的灰砖凉透后容不下长城之上的风了。风，抚摸着长城，把横逼过来的飞沙留在眼皮子底下，擦出泪眼。一只云雨的泪眼里，爱哭的孟姜女找不见了。一只晴艳的泪眼里，劳动的手掌高出了大半截长城。

流出来的暮色把我包围了，我还在摸着长城寻找出路时，长城抬了一次龙头，一线线灵光依然照耀着一座座山头。

插过来的大风把我吹偏了，我还是靠着长城等待日落。长城甩了一下尾巴，亦步亦趋的走势赶过了一条条河道。

原载《星星》2018 年 4 月下　《甘肃文史》2017 年 5 月

黄昏：有关长城道展的备忘录

05

暮色渐浓，山川那头的灯一盏一盏亮起来了。我还是要把黎明看作长城的开始，把黄昏看作长城的终结。这一天，真不是一个多么遥远的梦。

一曲"流水"里，长城仿佛驼着瘦背，在等候一座亭台。

一曲"高山"里，长城仿佛俯下身子，在倾听着一席佳话。

神往长城的人，把酒临风，想象着故国的强大和壮举。

游览长城的人，随心作记，感叹着故国的前世和来生。

在我的身后，两个摄影师，一步一叩，让拉长的镜头收留烽火墩上的暮色、苍松里的鸟鸣。也许，他们和长城的谋面，属于千古奇缘，那欣喜的模样像是云舒卷的飘带，拖着长城的影子，飘呀……飘。

在我的身前，三个少年赶在长城弯腰的地方，突然，风起云涌，长城的每块骨骼被挤压得叽叽彻响，他们赶到高高的烽火墩上，伸开双臂，迎风高喊："不到长城非好汉，到了长城想硬汉。"

我在祝福！我在祈求！如果摄影师在这特写的镜头下，再添加上三个少年神往长城的呐喊，那破碎的长城尽管举着哀痛的手臂，依旧是倾倒英雄的献歌，或者故国前世的长河。

黄昏：有关长城道义的备忘录

绚烂的黄昏，请把流星留下，在得到与失去中，我慢慢爱上了长城，一如感情疼过了，才懂得珍惜。

春风赠予大地的每一只草鞋，我穿在了长城的脚上。

夜天赠予星星的每一朵金花，我盖在了长城的头顶。

天地无私，这种赠予是否叫感天动地。遗落的长城还在低着头、喘着气，扭扭歪歪，赶在巍巍雪山前面停步了。

曾经的半堵墙就是一座完整的城，无论长城过去多么完美，现在已伤痕累累。那一块块分不出年代的砖已瘦得脱屑了，迫不得已的长城露出了骨节。每一节上的缺口，方方正正，让过路的风在新的空间站上唱响了长城。赶在风口上的长城，似乎切在浪头上，躲不过改朝换代的深重苦难。

手摸着遗落的长城，回望着黄昏里的山河。在砖与砖之间的透亮里，那些不屈不挠的主心骨，铭记着仁人志士的命运。在山与山之间的气概里，那些可歌可泣的魂灵，抒写着波澜不惊的宏阔。

是的，哪怕是山雨欲来，高远的长城不在乎风云骤起，一道门开向西方，让西方的来客领略东方文明的深厚。一道门开向东方，让东方的志士探究西方革新的步履。

开放的两道门前，沿着长城没走几站路，多少人已沉不住寂寞。我也隐约看出，长城不可逆转的走手像是一路粉嘟嘟的百合花，抵消了一路血色和寒光。

黄昏：有关长城道藏的备忘录

黄昏掩门后，还是一首无声的歌，唱给长城这个迟暮的老人时，耐住了寂寞，闪耀着岁月逝去的光辉。

在黄土高坡的眼圈里，遗落的长城容不进沙子，一层又一层的细土注入了苍苔，那绿灵灵的活力，不会把消亡当作一个必然会降临的节日。

在黄土深壑的脚跟上，遗落的长城留不住细土，一层又一层的石块，抱着雪地一般无人知晓的愿望，呈现给整个山川的是一个鲜活的人生方程。

刮过了西北风，还看不见东南风的影子，通往长城的路上，忽明忽灭的静谧被说不出名的花草占有了，有了过往的来客时，长城还在发放一张古老的证券，陷入亘古的思索：山河再破碎，国永远属于卫国者。生灵再涂炭，民永远归于亲民者。

沉重的暮色里，我也不再感叹那山花辞的烂漫，也不再伤怀那长恨歌的泪巾，只觉得长城用完整的身子堵住了一道风口，而碎落的身子承受不住又一道风的鞭打。

一个民族的脊梁担负的太多、太重啊！曾经受伤过，最终崛起了！现在，有一只铁丝的手叫护理，有一只木栏的手叫揪心，这是两只当家的手，紧紧扣住了长城由来弥久的初衷。

原载《星星》2018 年 4 月下　《甘肃文史》2017 年 5 月

黄昏：有关长城道系的备忘录

千山迭出，万壑同步，长城老远地伸出手，去抚摸一弯金色的月亮。

我借着月光，赶在长城的趾尖上，一群大鸟远走高飞了，开始抚摸着一大片沙树林，不再想风花雪月，也不惧怕山雨侵袭，只用万念情怀祭奠着长城。

留下一半身段的长城，横过了晚秋的风，驻守在草原上。一顶顶帐篷，一个个家，家门前的长城上奔跑着一匹泥塑的汗血马。

孤身一人，我没有单骑的马。我还想再做一回长城的伴侣，只能在草原的晚照里，点燃一堆野草。火光中，晃荡的长城跳在了马背上，光明和圣洁揭开了我一片又一片的雄心。

远处的大山一起一伏，近处的草地一起一伏，长城横在中间跟着起起伏伏。在渐渐退去的火头上，黑暗又扑来了，长城亦如一匹汗血马，抛出一尾灵光时，更加切紧了草原。

在长城放缓的时速里，我的抒情还没有退潮：草原的心坎上，一块一块的石头拖着霞光，磕磕碰碰，忽高忽低，把长城拉扯到山那边安家。

长城转了个向，逆着风北进了，而一尊石碑告诉我，有长城遗迹的地方，腾飞的龙马时常显现。

黄昏：有关长城遗落的备忘录

09

相约在黄昏，我用一部照相机的光华摄取长城遗落的背影时，那些小小的村落在多少年前已没有一个人驻守了，而长城在这里安下一个家。

弯弯的小河岸上有一堵弯弯的城墙，弯弯的小山背面还有一堵弯弯的城墙。高起的墙带上，含笑的桃花映照着祭台。低落的墙根下，得意的春风挽留着桃花。

在这一刻，月亮宛若一朵春寒伤败的桃花，在长城头顶飘着……我突然发现，长城的眸子闪了几下光芒，烽烟不在了，长矛生锈了，刀剑失色了，只有凝心聚气的光环，把弯弯的长城描摹成一首古老的歌谣，弯来弯去，弯在我的胸膛上。

只要赶超和拜读过长城的人，没有不惊叹的，长城的奇迹属于全世界的神奇。面对长城遗落的废墟，我永远相信，苍天在那边设局，大地在这边破局，中间地带，坚不可摧，请听吧……哪一代长城的身子不系在同一山河上呢？哪一代长城的驻守者不是兄弟姐妹呢？

这是长城的千年面目吗？在一次次回放中，躲过了风口上的一丝衰老，却躲不过风背上的一身苍茫。我顺着风口，喊出了长城遗落在我心间的急就章：完整的长城依然凝聚着神州大地的磅礴气概，碎落的长城依然共筑着华夏儿女的一场梦回。

原载《绿风》2018 年 10 月　　《甘肃文史》2017 年 5 月

黄昏：有关长城道藏的备忘录

10

托起一片月光，一个结，一个故事的备忘录。

守住一路忧伤，一块疤，一块心病的自留地。

在长城瘦出声的骨架上，一个缺口已是一个路口。过路的风横着逼来、竖着逼去，几株冰草在风中发抖。

一个牧羊人像是守护长城的主人，把一群山羊赶在草坡上，把自己赶在长城上嘶吼了……长城长又长，尘土在飞扬，走一步、跨一步，赶不出九曲回肠的心口。

月亮收留了蓝天下的雁鸣，而收留不住的长城抬起身子，已赶过几个山头。牧羊人啊，是你随心卷起长城的风歌，还是我专心结下长城的情缘，让跌宕起伏的长城留下一路思念和牵挂。

我已忘记那首《长城谣》了，那多少个隘口上的悲欢离合被城上城下的争战带走了，如今遗落在荒莽山巅的躯体，为了这千年面目，我又一回向长城叩拜了，用长城之上那一朵云的安详、用长城脚下那一棵草的坚强、用长城身上那一缕风的慈悲，这是适意的三把琴，这是抒怀的三杯酒，在化解着几许恩怨，流进不眠的梦中。

高高大大的长城，高高大大的神！我不再为困难所折腰了，我要在神的引领下，赶过回转的山头，赶向恩重如山的人。

原载《星星》2018 年 4 月下 《甘肃文史》2017 年 5 月

焉 支 山 （组章）

崔 俊 堂 散 文 诗

焉支山

"失我焉支山，使我六畜不蕃息。失我焉支山，令我妇女无颜色。"

传送歌声的地方在哪里？深情的歌咏久久饱含着几分悲壮。一个民族的草场如同宽阔的心房，放牧者还在传唱雪亮的牧歌。

扣人心弦的钟声不知传向哪里？深入焉支山，走进钟山寺，有一个寺主讲，这口钟在遇到兵荒马乱的日子会自响的，只是原钟被盗了。

对啊，不再追问神灵，在焉支山想一口被盗的钟，钟声似乎来自于一颗不安的心。

原载《甘肃文史》2014 年 2 月

焉支山

02

　　焉支山的松柏，笔直挺拔。

　　大的像是大人，小的像是小孩，不大不小的，还是牧马人的儿女，仰慕中透露了几许亲近，他们全挤站在一个山头上。

　　这仿佛是一支支箭门关的箭，洞穿了烽火岁月，看访着蓝天白云。

　　投入焉支山，我只能遥祝一个美好的民族佩戴着护心镜，让一株株狼毒花悄然飘洒清香。

焉支山

焉支山的一条支脉叫红山。据说，战火点燃山林，红山真是红透了天穹。

六畜生息，枯草发青，红山依旧是青山。

掩映在松涛之下的古亭里，有一个吹笛的人，将笛声吹送在钟山寺的鼓点余音里，透明得像是脚下一泓清水。

真妄皆空，身心不动。传感历史的亭子，保持着古朴的色调，亦如一个民族的身影，被这泓清水放大。

焉支山

手镯、项链、长命锁，我认不出哪一件是开光之品。

在焉支山上，在虔诚者的手里，像是在降福。

有一位男儿付之一笑。有一位女子也付之一笑。这两个人的肤色，更贴近于胭脂色。是啊，不需要妙法圆通，而他们自身的美传递给我无言的融通。

在赛马的草原，要是降福，就降给一朵朵胭脂花吧。

原载《甘肃文史》2014年2月

焉支山

白米金粟，素味香斋。在焉支山上，看见一粒松子，就好像亲手栽下一棵松树。

这一坡又一坡的松树，随即折弯我的目光，差点儿拉不回来了。

还有那么多人在绿茵茵的草地上，寻找一朵朵鲜蘑菇，仿佛在寻求生活之外的另一块土壤。

他们手中每一朵蘑菇，已是一柄撑开的太阳伞，收取松涛，卸下松风，留给自己大半生的阴凉。

原载《甘肃文史》2014年2月

焉支山

也许这是人间的瑶池，也许这是天堂的浴盆，谁也看不到仙女招人的身姿。

池中的每一块石头，在烈日照射下，红得像一团火。

红红火火的水面，轻松爽朗的色调，构成了焉支山的每一寸肌肤。

山沟里送来了一阵清风，每一寸肌肤如开放着的胭脂花，异香扑鼻。

这一想，身后的日子不再是传说和神话，而是真实的花环。

焉支山

听说过八仙下凡,没有听说过八仙下凡的时候,在焉支山歇脚。

高大的八块石头拼接成八仙峰,似乎高出了焉支山。

曲曲折折的石缝里,每一棵松树亦如八仙的护身符。

来这里歇脚的人,不想漂洋过海的事,只想着生活如同齐头向上的松树,不需要富贵和华丽,但不能为岁寒折腰。

原载《甘肃文史》2014 年 2 月

焉支山

焉支山的高，高不过青松树。

焉支山的深，深不过曲曲小径。

沿着小径寻找深度的人，才感到不想失去焉支山，但不知不觉已到了山门口。

有一位导游指着身后的人说，进山不走回头路。这使我想到好马不吃回头草。

焉支山的草场上，每一匹好马吃着鲜活的草，流淌着英雄的血，幸福的眼神落在草尖上，落成了慈行者的泪珠。

原载《甘肃文史》2014 年 2 月

焉支山

风声、水声、百鸟声，声声动心。花影、树影、流云影，影影入境。我不由得编撰了这副对联，沉重的身子突然减轻。

随意阅读的好心情，像是走进人间仙境。诚心看待的一处处花草，恰似胭脂女儿的笑靥。留心熄灭的一点点火星，化成了造福地方的心音。

每个人的举止不需要宣示，自然彰显神的力量，奇妙的焉支山传布了西部的神话。

原载《甘肃文史》2014 年 2 月

　　焉支山的无数道水口，像是无数个龙头跃动。

　　一位资深的摄影师在拍手叫绝，在不停地抢摄一道道水口，摄下了水口强龙、摄下了水口飞马、摄下了水口祥云，唯独没有摄下自己。

　　洁身之见证一如，杂花无尘心自在。水啊，不在焉支山的源头，也是一股活水！

焉支山

11

有一种美酒，香在人间，名叫女儿红。

有一次聚会，传唱今天，名叫万国博览会。

喝女儿红酒的人多了，但知晓隋朝时期焉支山下举办过博览会的人就不多了。这次盛会是当今世博会的先河，淌过焉支山下的每一块石坪。

平平整整的石坪上，有那么多坑坑洼洼。有人说，这是与会者的脚印，在证实历史的长河是多么清新。

原载《甘肃文史》2014 年 2 月

焉支山

这是一片油菜花，这是一大片黄灿灿的油菜花。

我在怀疑，花团锦簇的焉支山，脚踩着金黄色的大海。

万千蜂儿是海的新娘，系着祁连山这条洁白的飘带，把蓝天抱在怀里，把天堂带给人间。

焉支山的新郎官啊，请允许我躺在焉支山下，吞下十里金粉，感受四野花香。

原载《甘肃文史》2014 年 2 月

黄土腹地 （组章）

崔俊堂散文诗

我更靠谱族人了

在大地上的河系中，小小的苦水河流淌着我的血液。我生长在苦水河畔，至今没有走出这块土地，一回想起逝去的或健在的先辈们，眼泪的真实抵不过微笑的喜悦，痛楚的真切超过了好多个夜晚的思索：我更靠谱族人了。

深深浅浅的溪水汇聚在苦水河里，甜也是这块土地上清唱的调门，苦也是这块土地清唱的调门。几十年过去了，不管在哪儿，心落下来吼两声山歌，总有这调门的声影，来自于天生的不需要润色的呼唤。每一种调门里，河沟里生风，崖畔上开花，不管是谁站在沟的对面，顺着风口相互喊几声，仿佛一群离不开的小鸟落了场圃，把迟到的春风拉扯在苏醒的山坡上，抵住干透的墒情。也许，穿过东北风的夹背，迎来了脚前膝下的一场及时雨。也许，头顶的日头像是开了水的锅，把河里仅有的一线细水都快蒸干了。只要用这调门对唱起来，仿佛改变了贫穷，仅剩下幸福的抒情了。

大大小小的山沟散落在苦水河沿线，高也是这块土地上传唱的音阶，低也是这块土地上传唱的音阶。多少年后，回到了苦水岸上，不止一次次乐于或高或低的音阶。走一走，回一回首，哪个闭上门的沟底吐着一腔清气，哪个折过墙的山头留住一声亲昵。望一望，揣一次胸，哪个舌尖小的沟底保持着一口红润，哪个鼻梁高的山头引出一路深情。这些都是故乡的面庞吗？今

夜是大年除夕，不知有多少客在异乡的人回到了故乡，感受到
了明月入怀的关爱。在这沉住寂寞的夜晚，忽高忽低的风跑不
出头，却打开了除夕的大门，几树烛灯点亮了五谷丰收的兆头，
我感受到我的先辈们留下同一个音阶：这片土地上的期待，永
远没有改变。

　　星星点点的村庄擦亮在苦水河岸上，长也是这块土地续写
的家谱，短也是这块土地续写的家谱。把生活当作一曲曲戏，
坎坎坷坷，在悲欢离合的深处总会回头一想，走出来的区区山
路，也是人生路。把乡愁当作一张张网，疏疏密密，布落在九
曲回肠的心房，透过了春风般的细语。是啊，苦难和幸福都是
心血的胎记。在叩首祭祖的日子，学会了记住先人。在家谱续
写的日子，学会了感恩土地。当一个人呆呆地想着故乡，对着
苦水河多长叫几声面朝黄土的先人，对着深山多关照一下半路
坎坷的家人，最后对着自己喊一喊从来不说的心酸。星星点点
的村庄，都是一部史书，我坚信，因为这块土地出出进进的人
都免不了回头一望，流来又流走的苦水河低下了头，十年九旱
还是一道绕不开的湾。

　　苦水河，我不惧怕凛风浇透心肺，也不畏怯热浪打翻身子，
一路爱戴本身就是所有厚望，我只能倾诉，我更靠谱族人了！

山梨树

　　年轻的时候，我喜欢山梨树，认为她的美是"粉淡香清自一家"，用所有的多愁善感，经常把一棵棵山梨树渲染得无比完美。

　　长大了，改不掉的乡音，还是像梨花一样飘进这山沟里。对独有的山梨树，越爱越不动声色，越想越保持沉默。那一树树的梨花真是美而不娇、秀而不媚、丽而不俗，让我深深迷恋着，仿佛感觉到踩着细步的梨树缝合了每一轮月亮的伤痛。

　　有诗一样的山梨树，老祖先的一把梨木琴还在为我们弹唱，唱响了门前一条河、门后一坡风。这河一年四季在流着，这风在悄无声息地暗送或撕心裂肺地倾诉，不管哪一种方式，像是一个长者在教悔：人心隔肚皮，看不透人际中的纠结、争斗后的隐伤。看不透喧嚣中的平淡、繁华后的宁静。但一定要舍弃曾经的精彩、居高的虚荣、得意的狂笑。

有书一样的山梨树，我把一枝折回来摆在书架上，带给我的不仅是对美好世界的向往，还有对山乡苦难的追忆。因为，我舍不起对山乡的情感之失，也输不起对生活的奋斗之程。

山乡在改变，而山梨树没有改变。我知道，人知天命，命运的棋子基本落定了，为了山乡那些已经走远的人和事，为了山梨树下那些尘封的是与非。

今夜，我执笔速写了三棵山梨树，粉嘟嘟的花儿开着。一棵没有蜂飞，一棵没有蝶舞，一棵没有鸟语，但这绝不是三朵梨花压象床，而是人间之雪拂心房。

我不能剪下半弯月儿，那如月的山梨树已浸透了故乡。

我穿过了一片树林，那如歌的山梨树还在轻吟着故乡。

原载《飞天》2018 年 10 月

在那一片蓝里

在乡下，天蓝得透亮、发光，也格外静谧、干净。这次利用假期，回到老家，坐在地埂上，抽上一支烟，随风飘去的烟雾里，蓝的天穹缝合了蓝的心境。

这种蓝，至今说不出类别，但贴向心房，回肠九曲，回味无穷，浅射着生机和活力。

蓝在山巅，一大片湖水涌动着山的衣袂，仿佛湖蓝。

蓝在树冠，一万只孔雀飞舞着树的风姿，仿佛孔雀蓝。

蓝在村舍，草长莺歌的好地方让人迷恋，仿佛瓦蓝。

蓝在晚月，一阵低语一阵春潮，天幕上挂着一幅画卷，仿佛宝蓝。

大概因为一个人的身世不同、阅历不同，也许对色彩的感受有所不同。是的，色彩除了江山如画卷的美好，还有英雄泪满巾的深情！

此刻，我想起一位朋友讲过，人会长大三次，从雄心壮志、怒发冲冠到一筹莫展、万般无奈，再到西出阳关、心怀感恩。这个过程对我来讲，是在领略一件关于蓝的艺术品，或者在抒写一首关于蓝的好诗。

　　年少时，将希望的旗帜插在事业的城头。

　　年中时，将旗帜的希望叠加在受伤的心房。

　　年大时，将城头的事业包裹在希望的旗帜里。

　　孔子讲，三十而立，四十不惑，五十知天命。人生成长必经之路，像是一片蓝，忽然觉得世态人情、悲欢离合都浴在蓝里。

　　蓝色啊！深渊里的鸟语花香，她是否属于中年，我会守着自己的内心。

原载《飞天》2018 年 10 月

有关一只鸟儿和两个小孩的长短句

前河里有一只鸟儿飞过，盘在了河岸边的城墙上，像是一枚音符在流泻。后河里有一头牛蹚过，两个小孩拖着牛的尾巴，像是两枚音符在流泻。把这本身不同的事比方成音符，像是前后两条河接了个头，眉来眼去，多么快活！

河水照旧流走了，我的心还驻守在这块土地上。大凡丝丝温情，都是心灵的借宿地。没有阳光雨露，没有花香鸟语，却像是有一个深爱的人在陪伴。佛说：与你有缘的人，你的存在就能警醒所有的感觉。其实，真正的情，除了缘分的引爆，更重要的是真善美的积淀与丑邪恶的较量。

在世事的流水里，真情是心灵祭的。一只鸟儿走了，两个小孩在戏水，我还在叩首。这里，不需要明确这些事物的目的，我感受到了他们的美好！事物本身能够产生美，更能产生真情。珍惜缘分的人，只有用内心的那份真情，将彼此间的美好拉得近些、近些、再近些，在一次次别离中感受到对方曾给予过的温暖，这就足够了。

足够是一次尽心的诠释，我要借用两个小孩的天真，对这块土地来一回留守。

温暖是一回隐约的交流，我要借用一只鸟儿的自在，对这条小河来一次拥抱。

书卷多情似故人，晨昏忧乐每相亲。喜爱一只鸟儿，或者喜爱两个小孩，都是喜爱一种人生，不是因为要从中得到什么，而是因为这种价值或意义上的赋予，让来日方长的人生变得美好起来。

请享受这种内心的纯粹吧！

请珍惜那段岁月的行板吧！

原载《飞天》2018 年 10 月

糜子川

　　在回头的落日里，我的祖辈们仅剩下看好儿女这一盏跑马的灯，照亮了糜子川。川前面开花，川后面相亲，一辈子用空空荡荡的老屋，留住古老的时光。

　　黄河啊！扯不出糜子川一把粮，绕了好几道湾，头也不回，决然奔走了。糜子川不是一马平川，有了高高的山岗，也有一辈子的靠山。有了细长的苦水河，也有一条顺心的出口。我的祖辈们像是一粒粒糜子，从来没有想占有更大的平川，只是守着巴掌大的山川，锻造着自己风吹不旧、雨洗不掉的身板。

　　我喜欢糜子川的黄昏，那霞光啊！仿佛一朵朵苦菜花开在心坎上，火红的日子铺在眼前。我喜欢苦水河岸上的深夜，那伸手不见五指的乌黑啊！总有一道透亮的光伴随着古老的叹息向前流泻，隐约中感受到再苦的日子也有个头。那时候，我更加贴紧糜子川，从不懂得辽阔，开始用一个少年萌动的心在探究着深厚。从不懂得前生，开始用糜子川的胸怀想象着山外的世界。

　　在糜子川，野兔照旧走着山羊的路，儿女们照旧走着野兔的路，可有时候太阳连根拔起，近一半的糜子走不过晚秋。面朝黄土、靠天吃饭的路还得往下去走啊……我的祖辈们总用两只怀春的手，在来年播下一大片一大片的糜子，牵着儿女们在风雨中飘摇和长大，不停地祈福一岁又一岁的野兔和山羊。

阔别二十多年了，回到糜子川，每一棵糜子摇摆着头，一种无需粉饰的欣喜，平分了庄重的秋色。我知道，我不仅欠下祖辈的重托，还欠下糜子的精血，糜子川又让我尘染的肺叶，像哗啦啦的糜叶一样鲜活地呼吸了。我情不自禁，在叩首糜子川的时候，每一棵糜子答话了，如果心头的愿望落空了，就把它看作一大把糜子被远走高飞的鸟带走了，来年再播吧！如果心头的愿望落实了，那就是多半的糜子冬藏了。世上成功的事，其实就是多半的糜子，剩下的糜子请不要当作碗里养人的饭。

手摸着糜穗，回望着村庄，深远的天空下，我又一次听到远逝的祖先在喊话，不要怕霜降来临，不要为寒露打战，要把冬至想成一碗碗幸福而甜美的粥。我终于明白，那星星点点的坟墓，尽管头枕着后山，脚踩着前河，占尽了好风水，仿佛一把梨木琴，在唱响生命的沉重和忧伤时，告诉了不可改变的思念和牵挂。

山风吹开了糜子川的空寂，山花回放着糜子川的前生。我从不服老、服输的祖辈们，依然用坚硬的身板扛着生硬的铧犁，吼一声信天游，再吼一声信天游，接住了风中的每一缕情丝，织就着儿女们在远方的梦！

原载《飞天》2018 年 10 月

梦回家园

在这个挖掘机掠夺的大时代，土地上的华丽登场再也不是故乡的备忘录。梦回故园宛如风中的月亮，摇摇晃晃，让思念找不到尽头！

一阵秋风吹来了，紧接着一阵雷声，雨夹雪的消息里，一片片庄稼倒下之后，山的脊梁突然变矮了。

谁都没有想到，倒下后的庄稼地里，几角碎瓷片，绝无仅有的样子格外闪亮。几半页老砖，同一肌肤同一风骨。也许没有人在思念中寻找过去的家园，或者一个老旧的庄园。也许有人说，这些碎瓷和老砖的存在，本身就是丁香空结雨中的梦回，或者一个王朝归来。

过去的家园总比我们个人拥有更多！

真正的故乡是沉默无言的对待拥有！

风来雨去，羁旅孤行，哪一头的思念在浪迹中逃过了由盛不衰的路呢？身前这些碎瓷片，身后这些老砖头，不知道在土地深处呓语了多少年，留下的清瘦之躯绝不是枯藤老树昏鸦的残局，让我在寻觅的路上，看见隔世的王朝在柳暗花明的村里打坐。

人总会有去留，山坡总会有高低。秋风依旧喋喋不休，每一个王朝都是一本故事，而在思念中珍藏的一场梦回，一定打着厚土的脚印。

是什么理由让我们放弃了梦想的远方，所有的远方都是具体的、扎实的、生动的、富有启示的。为此，就像是诗人顾城在《远与近》这首诗中所表白："你，一会儿看我，一会儿看云。我觉得，你看我时很远，你看云时很近。"这是否在讲，关于承载厚土的一场梦回里，不管是看云的日子，还是看好自己的日子，真正需要解决的是人与人之间的无间、人与自然之间的隔阂！

碎瓷片碎得几乎没有形状，其上模糊的蓝花花像是一首蓝花花的民歌，一朵又一朵，在暮色深处漫开了温暖。

老砖头老得分不出朝代，其上波动的脉息像是一寓新舍里点亮的灯，一组又一组，在月光前头闪烁着清爽。

如果在时光倒流的河里，即便是尘埃落定，这一条梦回的路，托起的每一刻美好、每一种爱戴，挽回了一个家园的从前和所有亲人的思念。

原载《飞天》2018 年 10 月

后记

CHENJIHOUJI

    每向前移一步是艰难的！人知天命，命运的棋子每向前移一步是艰难的！人知天命，命运的棋子基本落定了，我怎么还不安分守己呢？我的先辈们在教诲，从苦水河畔走出去的人，永远要与这一条河息息相通，始终要保持一颗与命运搏斗、抗衡的心。

    客在异乡，每当我回想起苦水河畔的是与非、尘与世，仿佛醉里挑灯看路，对凡称得上"朋友"的人在不停地讲："文学救了我的命。"因为文学，让我有了较扎实的文字功底，有了对邪丑恶的暗自较量，有了对真善美的不舍追求。

    道高于技。文学艺术，我无法企及其高啊！我只是涉及了一点点。因为热爱书法，散文诗题我特意书写了。

    2007年，《踩着细步的梨树缝合了月亮》发表在《诗探索》，而忧伤的光泽还是我生命的重量。

　　2018 年，《黄土腹地》发表在《飞天》，当我寻觅日月的脚印时，我的族人更靠谱了。

　　一晃十年过去了，这些发表在不同文学期刊的散文诗集合后名为《尘祭》，寄托着我对先民前辈的哀思，对大千世界的神往，对社会人生的思考，也是我内心深处的一本备忘录。

　　《尘祭》即将面世了，我的激动和深情重叠着一回回荡开——我衷心感谢中国书法家协会副主席、草书委员会主任刘洪彪为诗集题字！著名诗人、《飞天》原主编李云鹏为该集作序，和对我多年来诗歌创作的厚爱支持、引领鼓励！感谢甘肃画院画家陆志宏和马孝邦为该集装帧设计！感谢甘肃中东建设工程管理咨询集团董事长兼总经理安勤的鼎力相助！

俊堂敬记　2018.7